10631747

© Éditions Gallimard, 1943
© Éditions Gallimard Jeunesse, 2002, pour la présente édition

Marcel Aymé

LE PASSE-MURAILLE
ET AUTRES NOUVELLES

FOLIO JUNIOR/**GALLIMARD** JEUNESSE

LE PASSE-MURAILLE

Il y avait à Montmartre, au troisième étage du 75 bis de la rue d'Orchampt, un excellent homme nommé Dutilleul qui possédait le don singulier de passer à travers les murs sans en être incommodé. Il portait un binocle, une petite barbiche noire et il était employé de troisième classe au ministère de l'Enregistrement. En hiver, il se rendait à son bureau par l'autobus et, à la belle saison, il faisait le trajet à pied, sous son chapeau melon.

Dutilleul venait d'entrer dans sa quarante-troisième année lorsqu'il eut la révélation de son pouvoir. Un soir, une courte panne d'électricité l'ayant surpris dans le vestibule de son petit appartement de célibataire, il tâtonna un moment dans les ténèbres et, le courant revenu, se trouva sur le palier du troisième étage. Comme sa porte d'entrée était fermée à clé de l'intérieur, l'incident lui donna à réfléchir et, malgré les remontrances de sa raison, il se décida à rentrer chez lui comme il en était sorti, en passant à travers la muraille. Cette étrange faculté qui semblait ne répondre à aucune de ses aspirations, ne laissa pas de le contrarier un peu et, le lendemain samedi, profitant de la semaine anglaise, il alla trouver un médecin du quartier pour lui exposer son cas. Le docteur put se convaincre qu'il disait vrai et, après examen, découvrit la cause du mal dans un durcissement hélicoïdal de la paroi strangulaire du corps thyroïde. Il prescrivit le surmenage intensif et, à raison de deux cachets par an, l'absorption de poudre de pirette tétravalente, mélange de farine de riz et d'hormone de centaure.

Ayant absorbé un premier cachet, Dutilleul rangea le médicament dans un tiroir et n'y pensa plus. Quant au surmenage intensif, son activité de fonctionnaire était réglée par des usages ne s'accommodant d'aucun excès, et ses heures de loisir, consacrées à la lecture du journal et à sa collection de timbres, ne l'obligeaient pas non plus à une dépense déraisonnable d'énergie. Au bout d'un an, il avait donc gardé intacte la faculté de passer à travers les murs, mais il ne l'utilisait jamais, sinon par inadvertance, étant peu curieux d'aventures et

rétif aux entraînements de l'imagination.
L'idée ne lui venait même pas de rentrer chez
lui autrement que par la porte et après l'avoir
dûment ouverte en faisant jouer la serrure.
Peut-être eût-il vieilli dans la paix de ses habitudes sans avoir la tentation de mettre ses dons
à l'épreuve, si un événement extraordinaire
n'était venu soudain bouleverser son existence.
M. Mouron, son sous-chef de bureau, appelé à
d'autres fonctions, fut remplacé par un certain
M. Lécuyer, qui avait la parole brève et la
moustache en brosse. Dès le premier jour, le
nouveau sous-chef vit de très mauvais œil que
Dutilleul portât un lorgnon à chaînette et une
barbiche noire, et il affecta de le traiter comme
une vieille chose gênante et un peu malpropre.
Mais le plus grave était qu'il prétendît intro-
duire dans son service des réformes d'une por-
tée considérable et bien faites pour troubler la
quiétude de son subordonné. Depuis vingt ans,
Dutilleul commençait ses lettres par la formule
suivante : « Me reportant à votre honorée du
tantième courant et, pour mémoire, à notre
échange de lettres antérieur, j'ai l'honneur de
vous informer... » Formule à laquelle
M. Lécuyer entendit substituer une autre d'un
tour plus américain : « En réponse à votre
lettre du tant, je vous informe... » Dutilleul ne

put s'accoutumer à ces façons épistolaires. Il revenait malgré lui à la manière traditionnelle, avec une obstination machinale qui lui valut l'inimitié grandissante du sous-chef. L'atmosphère du ministère de l'Enregistrement lui devenait presque pesante. Le matin, il se rendait à son travail avec appréhension, et le soir, dans son lit, il lui arrivait bien souvent de méditer un quart d'heure entier avant de trouver le sommeil.

Écœuré par cette volonté rétrograde qui compromettait le succès de ses réformes, M. Lécuyer avait relégué Dutilleul dans un réduit à demi obscur, attenant à son bureau. On y accédait par une porte basse et étroite donnant sur le couloir et portant encore en lettres capitales l'inscription : DÉBARRAS. Dutilleul avait accepté d'un cœur résigné cette humiliation sans précédent, mais chez lui, en lisant dans son journal le récit de quelque sanglant fait divers, il se surprenait à rêver que M. Lécuyer était la victime.

Un jour, le sous-chef fit irruption dans le réduit en brandissant une lettre et il se mit à beugler :

– Recommencez-moi ce torchon ! Recommencez-moi cet innommable torchon qui déshonore mon service !

Dutilleul voulut protester, mais M. Lécuyer, la voix tonnante, le traita de cancrelat routinier, et, avant de partir, froissant la lettre qu'il avait en main, la lui jeta au visage. Dutilleul était modeste, mais fier. Demeuré seul dans son réduit, il fit un peu de température et, soudain, se sentit en proie à l'inspiration. Quittant son siège, il entra dans le mur qui séparait son bureau de celui du sous-chef, mais il y entra avec prudence, de telle sorte que sa tête seule émergeât de l'autre côté. M. Lécuyer, assis à sa table de travail, d'une plume encore nerveuse déplaçait une virgule dans le texte d'un employé, soumis à son approbation, lorsqu'il entendit tousser dans son bureau. Levant les yeux, il découvrit avec un effarement indicible la tête de Dutilleul, collée au mur à la façon d'un trophée de chasse. Et cette tête était vivante. A travers le lorgnon à chaînette, elle dardait sur lui un regard de haine. Bien mieux, la tête se mit à parler.

– Monsieur, dit-elle, vous êtes un voyou, un butor et un galopin.

Béant d'horreur, M. Lécuyer ne pouvait détacher les yeux de cette apparition. Enfin, s'arrachant à son fauteuil, il bondit dans le couloir et courut jusqu'au réduit. Dutilleul, le porte-plume à la main, était installé à sa place habituelle, dans une attitude paisible et laborieuse. Le sous-chef le regarda longuement et, après avoir balbutié quelques paroles, regagna son bureau. A peine venait-il de s'asseoir que la tête réapparaissait sur la muraille.

– Monsieur, vous êtes un voyou, un butor et un galopin.

Au cours de cette seule journée, la tête redoutée apparut vingt-trois fois sur le mur et, les jours suivants, à la même cadence. Dutilleul, qui avait acquis une certaine aisance à ce jeu, ne se contentait plus d'invectiver contre le sous-chef. Il proférait des menaces obscures, s'écriant par exemple d'une voix sépulcrale, ponctuée de rires vraiment démoniaques :

– Garou ! garou ! Un poil de loup (*rire*) !

– Il rôde un frisson à décorner tous les hiboux (*rire*).

Ce qu'entendant, le pauvre sous-chef devenait un peu plus pâle, un peu plus suffocant, et ses cheveux se dressaient bien droits sur sa tête et il lui coulait dans le dos d'horribles sueurs d'agonie. Le premier jour, il maigrit d'une livre. Dans la semaine qui suivit, outre qu'il se mit à fondre presque à vue d'œil, il prit l'habitude de manger le potage avec sa fourchette et de saluer militairement les gardiens de la paix. Au début de la deuxième semaine, une ambulance vint le prendre à son domicile et l'emmena dans une maison de santé.

Dutilleul, délivré de la tyrannie de M. Lécuyer, put revenir à ses chères formules : « Me reportant à votre honorée du tantième courant... » Pourtant, il était insatisfait. Quelque chose en lui réclamait, un besoin nouveau, impérieux, qui n'était rien de moins que le besoin de passer à travers les murs. Sans doute le pouvait-il faire aisément, par exemple chez lui, et du reste, il n'y manqua pas. Mais l'homme qui possède des dons brillants ne peut se satisfaire longtemps de les exercer sur un objet médiocre. Passer à travers les murs ne saurait d'ailleurs constituer une fin en soi. C'est le départ d'une aventure, qui appelle une suite, un développement et, en somme, une rétribution. Dutilleul le comprit très bien. Il sentait en lui un besoin d'expansion, un désir croissant de s'accomplir et de se surpasser, et une certaine nostalgie qui était quelque chose comme l'appel de derrière le mur. Malheureusement, il lui manquait un but. Il chercha son inspiration dans la lecture du journal, particulièrement aux chapitres de la politique et du sport, qui lui semblaient être des activités honorables, mais s'étant finalement rendu compte qu'elles n'offraient aucun débouché aux personnes qui passent à travers les murs, il se rabattit sur le fait divers qui se révéla des plus suggestifs.

Le premier cambriolage auquel se livra Dutilleul eut lieu dans un grand établissement de crédit de la rive droite. Ayant traversé une douzaine de murs et de cloisons, il pénétra dans divers coffres-forts, emplit ses poches de billets de banque et, avant de se retirer, signa son larcin à la craie rouge, du pseudonyme de Garou-Garou, avec un fort joli paraphe qui fut reproduit le lendemain par tous les journaux. Au bout d'une semaine, ce nom de Garou-Garou connut une extraordinaire célébrité. La sympathie du public allait sans réserve à ce prestigieux cambrioleur qui narguait si joliment la police. Il se signalait chaque nuit par un nouvel exploit accompli soit au détriment d'une banque, soit à celui d'une bijouterie ou d'un riche particulier. A Paris comme en province, il n'y avait point de femme un peu rêveuse qui n'eût le fervent désir d'appartenir corps et âme au terrible Garou-Garou. Après le vol du fameux diamant de Burdigala et le cambriolage du Crédit municipal, qui eurent lieu la même semaine, l'enthousiasme de la foule atteignit au délire. Le ministre de l'Intérieur dut démissionner, entraînant dans sa chute le ministre de l'Enregistrement. Cependant, Dutilleul, devenu l'un des hommes les plus riches de Paris, était toujours ponctuel à son bureau et on parlait de lui pour les palmes académiques. Le matin, au ministère de l'Enregistrement, son plaisir était d'écouter les commentaires que faisaient les collègues sur ses exploits de la veille. « Ce Garou-Garou, disaient-ils, est un homme formidable, un surhomme, un génie. » En entendant de tels éloges, Dutilleul devenait rouge de confusion et, derrière le lorgnon à chaînette, son regard brillait d'amitié et de gratitude. Un jour, cette atmosphère de sympathie le mit tellement en confiance qu'il ne crut pas pouvoir garder le secret plus longtemps. Avec un reste de timidité, il considéra ses collègues groupés autour d'un journal relatant le cambriolage de la Banque de France, et déclara d'une voix modeste :

– Vous savez, Garou-Garou, c'est moi.

Un rire énorme et interminable accueillit la confidence de Dutilleul qui reçut, par dérision, le surnom de Garou-Garou. Le soir, à l'heure de quitter le ministère, il était l'objet de plaisanteries sans fin de la part de ses camarades et la vie lui semblait moins belle.

Quelques jours plus tard, Garou-Garou se faisait pincer par une ronde de nuit dans une bijouterie de la rue de la Paix. Il avait apposé sa signature sur le comptoir-caisse et s'était mis à chanter une chanson à boire en fracassant différentes vitrines à l'aide d'un hanap en or massif. Il lui eût été facile de s'enfoncer dans un mur et d'échapper ainsi à la ronde de nuit, mais tout porte à croire qu'il voulait être arrêté et, probablement à seule fin de confondre ses collègues dont l'incrédulité l'avait mortifié. Ceux-ci, en effet, furent bien surpris, lorsque les journaux du lendemain publièrent en première page la photographie de Dutilleul. Ils regrettèrent amèrement d'avoir méconnu leur génial camarade et lui rendirent hommage en se laissant pousser une petite barbiche. Certains même, entraînés par le remords et l'admiration, tentèrent de se faire la main sur le portefeuille ou la montre de famille de leurs amis et connaissances.

On jugera sans doute que le fait de se laisser prendre par la police pour étonner quelques collègues témoigne d'une grande légèreté, indigne d'un homme exceptionnel, mais le ressort apparent de la volonté est fort peu de chose dans une telle détermination. En renonçant à la liberté, Dutilleul croyait céder à un orgueilleux désir de revanche, alors qu'en réalité il glissait simplement sur la pente de sa destinée. Pour un homme qui passe à travers les murs, il n'y a point de carrière un peu poussée s'il n'a tâté au moins une fois de la prison. Lorsque Dutilleul pénétra dans les locaux de la Santé, il eut l'impression d'être gâté par le sort. L'épaisseur des murs était pour lui un véritable régal. Le lendemain même de son incarcération, les gardiens découvrirent avec stupeur que le prisonnier avait planté un clou dans le mur de sa cellule et qu'il y avait accroché une montre en or appartenant au directeur de la prison. Il ne put ou ne voulut révéler comment cet objet était entré en sa possession. La montre fut rendue à son propriétaire et, le lendemain, retrouvée au chevet de Garou-Garou avec le tome premier des *Trois Mousquetaires* emprunté à la bibliothèque du directeur. Le personnel de la Santé était sur les dents. Les gardiens se plaignaient en outre de recevoir des coups de pied dans le derrière, dont la provenance était inexplicable. Il semblait que les murs eussent, non plus des oreilles, mais des pieds. La détention de Garou-Garou durait depuis une semaine, lorsque le directeur de la Santé, en pénétrant un matin dans son bureau, trouva sur sa table la lettre suivante :

Monsieur le directeur,

Me reportant à notre entretien du 17 courant et, pour mémoire, à vos instructions générales du 15 mai de l'année dernière, j'ai l'honneur de vous informer que je viens d'achever la lecture du second tome des Trois Mousquetaires *et que je compte m'évader cette nuit entre 11 h 25 et 11 h 35. Je vous prie, monsieur le directeur, d'agréer l'expression de mon profond respect.*

Garou-Garou.

Malgré l'étroite surveillance dont il fut l'objet cette nuit-là, Dutilleul s'évada à 11 h 30. Connue du public le lendemain matin, la nouvelle souleva partout un enthousiasme magnifique. Cependant, ayant effectué un nouveau cambriolage qui mit le comble à sa popularité, Dutilleul semblait peu soucieux de se cacher et circulait à travers Montmartre sans aucune précaution. Trois jours après son évasion, il fut arrêté rue Caulaincourt au café du Rêve, un peu avant midi, alors qu'il buvait un vin blanc citron avec des amis.

Reconduit à la Santé et enfermé au triple verrou dans un cachot ombreux, Garou-Garou s'en échappa le soir même et alla coucher à l'appartement du directeur, dans la chambre d'ami. Le lendemain matin, vers 9 heures, il sonnait la bonne pour avoir son petit déjeuner et se laissait cueillir au lit, sans résistance, par les gardiens alertés. Outré, le directeur établit un poste de garde à la porte de son cachot et le mit au pain sec. Vers midi, le prisonnier s'en fut déjeuner dans un restaurant voisin de la prison et, après avoir bu son café, téléphona au directeur.

– Allô ! Monsieur le directeur, je suis confus, mais tout à l'heure, au moment de sortir, j'ai oublié de prendre votre portefeuille, de sorte que je me trouve en panne au restaurant. Voulez-vous avoir la bonté d'envoyer quelqu'un pour régler l'addition ?

Le directeur accourut en personne et s'emporta jusqu'à proférer des menaces et des injures. Atteint dans sa fierté, Dutilleul s'évada la nuit suivante et pour ne plus revenir. Cette fois, il prit la précaution de raser sa barbiche noire et remplaça son lorgnon à

21

chaînette par des lunettes en écaille. Une cas-
quette de sport et un costume à larges car-
reaux avec culottes de golf achevèrent de le
transformer. Il s'installa dans un petit appartement de l'avenue Junot où, dès avant sa première arrestation, il avait fait transporter une
partie de son mobilier et les objets auxquels il
tenait le plus. Le bruit de sa renommée commençait à le lasser et, depuis son séjour à la
Santé, il était un peu blasé sur le plaisir de
passer à travers les murs. Les plus épais, les
plus orgueilleux, lui semblaient maintenant
de simples paravents, et il rêvait de s'enfoncer
au cœur de quelque massive pyramide. Tout
en mûrissant le projet d'un voyage en Égypte,
il menait une vie des plus paisibles, partagée
entre sa collection de timbres, le cinéma et de
longues flâneries à travers Montmartre. Sa
métamorphose était si complète qu'il passait,
glabre et lunetté d'écaille, à côté de ses
meilleurs amis sans être reconnu. Seul le
peintre Gen Paul, à qui rien ne saurait échapper d'un changement survenu dans la physio-
nomie d'un vieil habitant du quartier, avait
fini par pénétrer sa véritable identité. Un
matin qu'il se trouva nez à nez avec Dutilleul
au coin de la rue de l'Abreuvoir, il ne put
s'empêcher de lui dire dans son rude argot :

– Dis donc, je vois que tu t'es miché en gigolpince pour tétarer ceux de la sûrepige

Ce qui signifie à peu près en langage vulgaire : « Je vois que tu t'es déguisé en élégant pour confondre les inspecteurs de la Sûreté. »

– Ah ! murmura Dutilleul, tu m'as reconnu !

Il en fut troublé et décida de hâter son départ pour l'Égypte. Ce fut l'après-midi de ce même jour qu'il devint amoureux d'une beauté blonde rencontrée deux fois rue Lepic à un quart d'heure d'intervalle. Il en oublia aussitôt sa collection de timbres et l'Égypte et les Pyramides. De son côté, la blonde l'avait regardé avec beaucoup d'intérêt. Il n'y a rien qui parle à l'imagination des jeunes femmes d'aujourd'hui comme des culottes de golf et une paire de lunettes en écaille. Cela sent son cinéaste et fait rêver cocktails et nuits de Californie. Malheureusement, la belle, Dutilleul en fut informé par Gen Paul, était mariée à un homme brutal et jaloux. Ce mari soupçonneux, qui menait d'ailleurs une vie de bâton de chaise, délaissait régulièrement sa femme entre 10 heures du soir et 4 heures du matin, mais avant de sortir, prenait la précaution de la boucler dans sa chambre, à deux tours de clé, toutes persiennes fermées au cadenas.

Dans la journée, il la surveillait étroitement, lui arrivant même de la suivre dans les rues de Montmartre.

– Toujours à la biglouse, quoi. C'est de la grosse nature de truand qu'admet pas qu'on ait des vouloirs de piquer dans son réséda.

Mais cet avertissement de Gen Paul ne réussit qu'à enflammer Dutilleul. Le lendemain, croisant la jeune femme rue Tholozé, il osa la suivre dans une crémerie et, tandis qu'elle attendait son tour d'être servie, il lui dit qu'il l'aimait respectueusement, qu'il savait tout : le mari méchant, la porte à clé et les persiennes, mais qu'il serait le soir même dans sa chambre. La blonde rougit, son pot à lait trembla dans sa main et, les yeux mouillés de tendresse, elle soupira faiblement :

– Hélas ! Monsieur, c'est impossible.

Le soir de ce jour radieux, vers 10 heures, Dutilleul était en faction dans la rue Norvins et surveillait un robuste mur de clôture, derrière lequel se trouvait une petite maison dont il n'apercevait que la girouette et la cheminée. Une porte s'ouvrit dans ce mur et un homme, après l'avoir soigneusement refermée à clé derrière lui, descendit vers l'avenue Junot. Dutilleul attendit de l'avoir vu disparaître, très loin, au tournant de la descente, et compta encore jusqu'à dix. Alors, il s'élança, entra dans le mur au pas de gymnastique et, toujours courant à travers les obstacles, pénétra dans la chambre de la belle recluse. Elle l'accueillit avec ivresse et ils s'aimèrent jusqu'à une heure avancée.

Le lendemain, Dutilleul eut la contrariété de souffrir de violents maux de tête. La chose était sans importance et il n'allait pas, pour si peu, manquer à son rendez-vous. Néanmoins, ayant par hasard découvert des cachets épars au fond d'un tiroir, il en avala un le matin et un l'après-midi. Le soir, ses douleurs de tête étaient supportables et l'exaltation les lui fit oublier. La jeune femme l'attendait avec toute l'impatience qu'avaient fait naître en elle les souvenirs de la veille et ils s'aimèrent, cette nuit-là, jusqu'à 3 heures du matin. Lorsqu'il s'en alla, Dutilleul, en traversant les cloisons et les murs de la maison, eut l'impression d'un frottement inaccoutumé aux hanches et aux épaules. Toutefois, il ne crut pas devoir y prêter attention. Ce ne fut d'ailleurs qu'en pénétrant dans le mur de clôture qu'il éprouva nettement la sensation d'une résistance. Il lui semblait se mouvoir dans une matière encore fluide, mais qui devenait pâteuse et prenait, à chacun de ses efforts, plus de consistance. Ayant réussi à se loger tout entier dans l'épaisseur du mur, il s'aperçut qu'il n'avançait plus et se souvint avec terreur des deux cachets qu'il avait pris dans la journée. Ces cachets, qu'il avait crus d'aspirine, contenaient en réalité de la poudre de pirette tétravalente prescrite par le docteur l'année précédente. L'effet de cette médication s'ajoutant à celui d'un surmenage intensif, se manifestait d'une façon soudaine.

Dutilleul était comme figé à l'intérieur de la muraille. Il y est encore à présent, incorporé à la pierre. Les noctambules qui descendent la rue Norvins à l'heure où la rumeur de Paris s'est apaisée, entendent une voix assourdie qui semble venir d'outre-tombe et qu'ils prennent pour la plainte du vent sifflant aux carrefours de la Butte. C'est Garou-Garou Dutilleul qui lamente la fin de sa glorieuse carrière et le regret des amours trop brèves. Certaines nuits d'hiver, il arrive que le peintre Gen Paul, décrochant sa guitare, s'aventure dans la solitude sonore de la rue Norvins pour consoler d'une chanson le pauvre prisonnier, et les notes, envolées de ses doigts engourdis, pénètrent au cœur de la pierre comme des gouttes de clair de lune.

LE DÉCRET

Au plus fort de la guerre, l'attention des puissances belligérantes fut attirée par le problème de l'heure d'été, lequel, semblait-il, n'avait pas été envisagé dans toute son ampleur. On pressentait déjà que rien de sérieux n'avait été entrepris dans cette voie-là et que le génie humain, ainsi qu'il arrive si souvent, s'était laissé imposer par des habitudes. Ce qui, au premier examen, parut le plus remarquable, ce fut l'extraordinaire facilité avec laquelle on avançait l'heure d'été d'une ou deux unités. A la réflexion, rien n'empêchait de l'avancer de douze unités ou de vingt-quatre, voire d'un multiple de vingt-quatre. Peu à peu, l'idée se fit jour que les hommes pouvaient disposer du temps. Sur tous les continents et dans tous les pays, les chefs d'État et les ministres se mirent à consulter des traités de philosophie. Dans les conseils de gouvernements, on parlait beaucoup de temps relatif, de temps physiologique, de temps subjectif et même de temps compressible. Il devint évident que la notion de temps, telle que nos ancêtres se l'étaient transmise de millénaire en millénaire, était une assez risible balançoire. Le vieux et inexorable dieu Chronos, qui avait jusqu'alors imposé la cadence de sa faux, perdit beaucoup de son crédit. Non seulement il devenait exorable au genre humain, mais encore il était tenu de lui obéir, de se mouvoir au rythme qui lui était imposé, de marcher au ralenti ou de prendre le pas gymnastique, pour ne rien dire des vitesses vertigineuses à lui rabattre sa pauvre vieille barbe derrière la nuque. Fini le train de sénateur. En vérité, Chronos était bon à empailler. Les hommes étaient maîtres du temps et ils allaient le distribuer avec beaucoup plus de fantaisie que n'en avait mis, dans sa trop paisible carrière, le dieu découronné.

Il semble qu'au début, les gouvernements n'aient tiré qu'un médiocre parti de leur nouvelle conquête. Les essais auxquels il fut secrètement procédé n'aboutirent à rien d'utile (voir la Carte de temps). Cependant les peuples s'ennuyaient. Quelle que fût leur patrie, les civils devenaient moroses et de mauvais poil. En mordant à leur pain noir ou en buvant les ersatz à la saccharine, ils faisaient des rêves de festins et de tabac. La guerre était longue. On ne savait pas quand elle finirait. Mais finirait-elle un jour ? Dans tous les camps on avait foi en la victoire, mais on craignait qu'elle ne se fît attendre. Les dirigeants nourrissaient les mêmes craintes et commençaient à se ronger les poings. Le poids de leurs responsabilités les faisait blanchir. Bien entendu, il ne pouvait être question de faire la paix. L'honneur s'y opposait et d'autres considérations aussi. Ce qui était enrageant, c'était de savoir qu'on disposait du temps et de ne pas trouver le moyen de le faire travailler pour soi.

Enfin, par l'entremise du Vatican, un accord international fut conclu qui délivrait les peuples du cauchemar de la guerre, sans rien changer à l'issue normale des hostilités. Ce fut très simple. On décida que dans le monde entier, le temps serait avancé de dix-sept ans. Ce chiffre tenait compte des possibilités extrêmes de la durée du conflit. Néanmoins, les milieux officiels n'étaient pas tranquilles et craignaient que l'avance ne fût insuffisante. Grâce à Dieu, lorsque, par la vertu d'un décret, le monde eut vieilli tout à coup de dix-sept années, il se trouva que la guerre était finie. Il se trouva aussi qu'on n'en avait pas encore déchaîné une autre. Il en était simplement question.

On pourrait croire que les peuples poussèrent un long cri de joie et de délivrance. Il n'en fut rien. Car personne n'éprouva la sensation d'avoir fait un saut dans le temps. Les événements qui auraient dû se dérouler durant cette longue période si soudainement escamotée, étaient inscrits dans toutes les mémoires. Chacun se souvenait ou plutôt croyait se souvenir de la vie qu'il lui semblait avoir menée pendant ces dix-sept années-là. Les arbres avaient poussé, des enfants étaient venus au monde, des gens étaient morts, d'autres avaient fait fortune ou s'étaient ruinés, les vins avaient pris de la bouteille, des États s'étaient écroulés, tout comme si la vie du monde avait pris son temps pour s'accomplir. L'illusion était parfaite.

Pour ma part, je me souviens qu'à l'instant où le décret entra en vigueur, j'étais à Paris, chez moi, assis à ma table et travaillant à un livre dont j'avais écrit les cinquante premières pages. J'entendais ma femme, dans une pièce voisine, parler avec mes deux enfants, Marie-

Thérèse et Clovis, âgés de cinq et deux ans. La seconde d'après, je me trouvais au Havre, à la gare maritime, retour d'un voyage au Mexique, qui avait duré trois mois. Quoique assez bien conservé, je commençais à grisonner. Mon livre était achevé depuis bien long-temps et la suite n'était pas moins géniale que le début, à croire que c'était vraiment moi qui l'avais écrite. Et j'avais écrit (il me semblait) douze autres livres qui, je dois le dire, étaient également tombés dans l'oubli (le public est ingrat). Durant mon voyage au Mexique, j'avais reçu régulièrement des nouvelles de ma femme et de mes quatre enfants, dont les deux derniers, Louis et Juliette, étaient venus au monde depuis le décret. Les souvenirs que je gardais de cette existence illusoire n'étaient ni moins sûrs, ni moins attachants que ceux se rapportant à la période antérieure. Je n'avais nullement l'impression d'avoir été frustré de quoi que ce fût, et si je n'avais eu connais-sance du décret, je n'aurais certes pas eu le moindre soupçon de mon aventure. En somme, tout se passait pour le genre humain comme s'il eût réellement vécu ces dix-sept années qui avaient pourtant tenu dans une fraction de seconde. Et peut-être les avait-il réellement vécues. On a beaucoup disputé sur ce point. Philosophes, mathématiciens, médecins, théologiens, physiciens, métaphysiciens, théosophes, académiciens, mécaniciens, ont écrit à ce propos un grand nombre de thèses, de parathèses, d'antithèses et de synthèses. Dans le train qui me conduisait du Havre à Paris, je fis connaissance de trois brochures qui étudiaient la question. Le grand physicien Philibert Costume, dans un condensé de sa *Théorie des affleurements du temps*, démontrait que les dix-sept années avaient été vécues. Le R. P. Bichon, dans son *Traité de submétrique*, démontrait qu'elles n'avaient pas été vécues. Enfin, M. Bonomet, professeur d'humour à la Sorbonne, dans ses *Considérations sur le rire dans l'État*, soutenait que le temps n'avait pas été avancé et que le fameux décret était une farce homérique, imaginée à l'époque par les gouvernements. Pour ma part, cette dernière explication me parut d'un humour un peu forcé et même déplacé sous la plume d'un professeur de la Sorbonne. M. Bonomet, j'en suis persuadé, n'entrera jamais à l'Académie, et ce sera bien fait. Quant à savoir si les dix-sept années avaient été vécues ou non, je ne pus me faire une opinion.

A Paris, je me retrouvai dans un appartement qui m'était familier, mais où je mettais peut-être les pieds pour la première fois. Pendant les fameux dix-sept ans, j'avais en effet déménagé et quitté Montmartre pour venir habiter Auteuil. Ma famille m'attendait chez moi et je la revis avec joie, mais sans surprise. Réelles ou virtuelles, les années de notre existence comprises dans les parenthèses du temps se liaient aux autres sans nul défaut de continuité, sans même une soudure apparente. Tout était d'un seul tenant. Le spectacle des rues de Paris, encombrées par la circulation automobile, n'avait donc rien qui pût m'étonner. L'éclairage nocturne, les taxis, l'appartement chauffé, la vente libre des marchandises étaient redevenus de vieilles habitudes. Au moment des effusions, ma femme me dit en riant :

– Enfin ! depuis plus de dix-sept ans que nous nous sommes vus !

Et poussant devant elle Louis et Juliette, respectivement âgés de huit et six ans, elle ajouta :

– Je te présente tes deux derniers que tu n'as pas encore le plaisir de connaître.

Mes deux derniers me reconnaissaient du reste parfaitement, et tandis qu'ils se pendaient à mon cou, j'inclinais à croire que le professeur Bonomet n'était pas loin d'avoir raison en affirmant que l'avance du temps n'avait été qu'une galéjade.

Au début de l'été, nous prîmes la résolution d'aller passer nos vacances sur une plage bretonne. Notre voyage était fixé au 15 juillet. Auparavant, je devais effectuer un court voyage dans le Jura pour me rendre à l'invitation d'un vieil ami, compositeur de musique, qui s'était retiré dans son village natal où il traînait depuis cinq ou six ans une existence de grand malade. Je me souviens qu'au matin du 2 juillet, veille de mon départ, ayant à faire quelques courses dans le centre de Paris, j'avais emmené Juliette, ma petite fille de six ans. Place de la Concorde, comme nous attendions sur un refuge que s'écoulât le flot des voitures, Juliette me montra du doigt l'hôtel Crillon et l'hôtel de la Marine. Après lui avoir donné les explications qu'elle demandait, je me remémorai avec quelque mélancolie le temps de l'occupation allemande et j'ajoutai, plutôt pour moi-même que pour l'enfant :

– Tu n'étais pas encore née, toi. C'était la guerre. La France était vaincue. Les Allemands occupaient Paris. Leur drapeau flottait sur le ministère de la Marine. Des marins allemands montaient la garde sur le trottoir, là, devant l'entrée. Et sur la place et aux Champs-Élysées, partout, il y avait des uniformes verts. Et les Français qui étaient déjà vieux pensaient qu'ils ne les verraient jamais partir.

Dans la matinée du 3 juillet 1959, je pris le train à la gare de Lyon et j'arrivai à Dôle vers midi. Mon hôte habitait à dix-huit kilomètres de la ville, un village au milieu de la forêt de Chaux. L'autobus qui assurait régulièrement le service partait à midi et demi, mais mal renseigné, je le manquai de quelques minutes. Pour ne pas inquiéter l'ami qui m'attendait, je louai une bicyclette, mais la chaleur était si accablante que je remis mon départ après midi, ce qui me laissa le temps de déjeuner sans me presser. La cuisine était bonne et il y avait un bon vin d'arbois. Je me flattais de couvrir la distance en une heure. Lorsque je me mis en route, le temps était à l'orage, le ciel se couvrait de gros nuages bas et la chaleur étouffante était à peine plus supportable qu'au début de l'après-midi. En outre, j'étais handicapé par un violent mal de tête que j'attribuai à mon trop copieux repas et à l'excellence de l'arbois. Pressé par la menace de l'orage, je pris un chemin de traverse, en sorte que je me perdis dans la forêt. Après des retours et des détours, je me trouvais, lorsque éclata l'orage, dans un mauvais chemin forestier, où les charrois avaient creusé des ornières profondes durcies par l'été. Je me réfugiai dans le sous-bois, mais la pluie tombait d'une telle violence qu'elle ne tarda pas à traverser le feuillage. J'aperçus alors, au bord d'un sentier, un abri constitué par un toit de fascines posant sur quatre piquets. J'y trouvai un billot en chêne sur lequel je pus m'asseoir assez commodément en attendant la fin de l'orage. Le ciel bas et la pluie serrée hâtaient la tombée du jour, et le couvert de la forêt épaississait l'ombre du crépuscule, illuminée par la clarté bleuâtre des grands éclairs qui faisaient surgir des plans profonds peuplés par les fûts des hauts chênes. Entre les grondements du tonnerre que répercutait longtemps la forêt, j'entendais ce bruissement nombreux et d'abord monotone, mais dont l'oreille apprend à percevoir les multiples variations, de la pluie s'égouttant de feuille en feuille dans les branchages. Harassé, la tête pesante, je luttai un instant contre le sommeil et finis par m'endormir, le front sur mes genoux.

Je fus réveillé par la sensation d'une chute qui, à travers mon sommeil, me parut interminable comme si j'étais tombé du haut d'un gratte-ciel. L'orage avait cessé et le jour s'était ranimé. A vrai dire, il ne semblait pas qu'il y eût jamais eu d'orage. Le sol était sec, altéré, et pas plus aux arbres qu'aux buissons ou à la pointe des herbes folles ne brillait la moindre goutte d'eau. La forêt, autour de moi, semblait telle qu'après plusieurs jours de sécheresse. Le ciel qui paraissait au travers des frondaisons était d'un bleu léger, subtil, et non point de ce bleu laiteux qu'on peut voir après une averse. Tout à coup, je m'avisai qu'autour de moi, la forêt avait changé. Ce n'était plus la haute futaie que j'avais trouvée en arrivant, mais un bois planté de jeunes arbres d'une vingtaine d'années. Mon abri de fascines avait disparu ainsi que le gros hêtre auquel il était adossé. Également disparu le billot qui m'avait servi de siège tout à l'heure. J'étais assis à même le sol. Plus de sentier non plus. Le seul objet reconnaissable était une haute double borne qui marquait sans doute la limite de quelque partage communal. Je fus presque contrarié de la reconnaître, car la présence de ce témoin ne simplifiait pas le problème. J'essayai de me persuader que ma première vision de ce paysage forestier avait été faussée par la mauvaise lumière. Du reste, je ne m'inquiétai pas autrement de cette singulière transformation. Mon mal de tête s'était dissipé et je sentais dans mes membres et dans tout le corps une aisance inhabituelle, une allégresse physique. Par jeu, j'imaginai que je m'étais égaré dans une forêt de Brocéliande où quelque fée Morgane m'avait enchanté. Prenant ma bicyclette, je regagnai le chemin que j'avais quitté pour me mettre à l'abri. Je m'attendais à le trouver boueux, avec des flaques d'eau et des ornières gluantes. Je dus constater qu'il était sec et rugueux, sans la moindre trace d'humidité. « L'enchantement continue », pensai-je avec bonne humeur. Ayant roulé un quart d'heure, je débouchai sur une petite plaine à la forme d'un rectangle allongé, enclos dans la forêt. Vivement éclairés par le soleil couchant, les toits et le clocher d'un village émergeaient des blés et des prairies. Je quittai mon mauvais chemin pour une route étroite, mais macadamisée, et je pus lire sur une borne kilométrique le nom du village. Ce n'était pas celui que je cherchais.

Un accident survenu à ma roue avant, à deux ou trois cents mètres du village, m'obligea à poursuivre la route à pied. Chemin faisant, j'aperçus à quelques pas d'un bouquet de noisetiers, au bord du fossé, un vieux paysan en contemplation devant un champ de blé. Presque à côté de lui, contre le bouquet de noisetiers qui les avait dissimulés à ma vue, je découvris ensuite deux hommes qui, eux aussi, regardaient le haut blé. Et ces deux hommes portaient les bottes et l'uniforme vert qui était celui des armées allemandes au temps de l'Occupation. Je n'en fus pas trop étonné. Ma première pensée fut que ces uniformes oubliés par les Allemands au moment de l'évacuation du territoire, avaient été trouvés par des cultivateurs de l'endroit qui achevaient de les user. Leurs propriétaires actuels, deux gaillards de quarante-cinq ans, à la peau cuite, semblaient bien être des paysans. Pourtant, ils gardaient une allure militaire, et les ceinturons, les calots, les nuques rasées de très près, donnaient à penser. Le vieux semblait ignorer leur voisinage. Grand et sec, il se tenait immobile et très droit, avec cet air de dignité hautaine qu'ont souvent les vieux paysans du Jura. Comme je m'approchais, l'un des hommes en uniforme se tourna vers lui et prononça, sur le ton d'un connaisseur, quelques paroles en langue allemande, louant la belle tenue des épis. Le vieux tourna la tête lentement et fit observer d'une voix unie et paisible :

– Vous êtes foutus. Y a les Américains qui vont arriver. Feriez mieux de rentrer chez vous tout de suite.

L'autre ne comprenait visiblement pas le sens de ces paroles et souriait de confiance. Comme j'arrivais auprès de lui, le vieux me prit à témoin de sa simplicité.

– Ça ne comprend rien de rien, dit-il. Sortis de leur baragouin, ils n'ont pas plus de conversation que mes sabots. Ce n'est quand même pas du monde civilisé.

Ahuri, je le regardais sans trouver une parole. Je finis par lui demander :

– Voyons, je ne me trompe pas ? Ce sont bien des soldats allemands ?

– Ça m'en a tout l'air, dit le vieux non sans une certaine ironie.

– Mais comment ça se fait ? Qu'est-ce qu'ils font là ?

Il me toisa sans bienveillance et faillit laisser ma question sans réponse. Il se ravisa et à son tour m'interrogea :

– Vous arrivez peut-être de zone libre ?

Je balbutiai quelques mots sans suite dans lesquels il voulut reconnaître une réponse affirmative, car il entreprit de m'instruire des conditions de la vie en « zone occupée ». L'esprit en déroute, j'étais incapable de suivre l'enchaînement de ses propos où revenaient à chaque instant ces mots absurdes : zone libre, zone occupée, autorités allemandes, réquisitions, prisonniers, et d'autres non moins ahurissants. Les deux Allemands s'étaient éloignés et cheminaient vers le village, la démarche lourde et balancée des soldats en proie à l'ennui des flâneries sans but. J'interrompis le vieux avec une rageuse brusquerie.

– Mais enfin, m'écriai-je, qu'est-ce que vous me chantez là ? Tout ça ne tient pas debout ! La guerre est finie depuis des années !

– Depuis des années, ça serait difficile, fit-il observer posément. Il n'y a pas deux ans qu'elle a commencé.

Au village, dans une boutique où un sous-officier allemand choisissait des cartes postales, j'achetai le journal du jour. J'avais posé une pièce sur le comptoir et je ramassai la monnaie machinalement sans la regarder. Le journal était à la date du 3 juillet 1942. Les gros titres : *La Guerre en Russie, La Guerre en Afrique*, évoquaient des événements dont j'avais été, une fois déjà, contemporain, dont je connaissais le déroulement futur et l'issue finale. Oubliant le lieu, je restais planté devant le comptoir, absorbé dans ma lecture. Une paysanne, venue faire des achats, parlait de son fils prisonnier et d'un colis qu'elle préparait pour lui. Le matin même, elle avait reçu une lettre de Prusse-Orientale où il travaillait dans une ferme. Ce que j'entendais n'était pas moins significatif que la date du journal, et pourtant je me refusais encore à en croire mes yeux et mes oreilles. Un homme d'une cinquantaine d'années, portant culottes et leggins, le cheveu soigné, le teint frais, façon gentilhomme campagnard, entra dans la boutique. Aux propos qu'il échangea avec le marchand, je compris qu'il était maire de la commune. J'engageai la conversation avec lui et nous sortîmes ensemble. Prudemment, avec le souci instinctif de ne pas trahir l'irrégularité de ma situation, je lui parlai de l'heure d'été, puis de l'avance du temps. Il me dit avec un gros rire :

– Ah ! oui, l'avance du temps. A mon dernier voyage à Dôle, il y a deux mois, le sous-préfet m'en a parlé. Je crois me rappeler aussi que les journaux en ont touché un mot. Une bonne blague pour amuser les gens. Avancer le temps, vous pensez !

Après lui avoir posé quelques questions plus précises, je crus comprendre, à mon grand soulagement, ce qui s'était passé au village. Par suite d'un oubli de l'administration ou d'une erreur de transmission, le décret de l'avance du temps n'avait pas été notifié à la petite commune qui, perdue au milieu des bois, en était restée à l'ancien régime. J'eus la bouche ouverte pour expliquer au maire ce qu'il y avait de proprement anachronique dans la situation de son village, mais à la dernière seconde, je jugeai plus sage de m'abstenir. Il ne m'aurait pas cru et je risquais de passer pour fou. La conversation se poursuivit amicalement et comme elle venait à la guerre, j'eus la curiosité de formuler quelques pronostics, lesquels laissèrent mon interlocuteur parfaitement incrédule, l'avenir étant, il est vrai, peu conforme aux probabilités logiques. Avant de nous séparer, il me renseigna sur le chemin à suivre pour gagner la Vieille-Loie, but de mon voyage. Je m'en étais très sensiblement écarté, car il me restait encore treize kilomètres à faire.

– A bicyclette, c'est l'affaire de trois quarts d'heure. Vous pouvez encore arriver avant la nuit, me dit-il.

Comme j'hésitais à prendre la route le soir même, il me représenta que pour un jeune homme tel que moi, une course de treize kilomètres était fort peu de chose, sur quoi je lui fis observer qu'à cinquante-six ans passés,

l'on n'est plus un jeune homme. Il manifesta
un vif étonnement et m'affirma que je ne portais pas mon âge, à beaucoup près. Je passai la
nuit dans l'unique auberge de l'endroit. Avant
de m'endormir, je méditai un moment mon
aventure. Le premier étonnement passé, je
n'en éprouvai nulle contrariété. Si mon
voyage m'avait laissé plus de loisirs, j'aurais
aimé passer quelques jours dans ce temps
retrouvé et, en compagnie de ces pauvres
gens attardés dans la première moitié du
siècle, revivre pieusement les malheurs de
mon pays. Je me pris ensuite à examiner
quelques énigmes proposées par cet exil dans
le temps et où mon attention ne s'était pas
arrêtée d'abord. Par exemple, il était curieux
que le village pût encore recevoir des journaux de Paris et des lettres de soldats prisonniers en Prusse-Orientale. Entre ce village de
1942 et le reste de l'univers qui avait vieilli de
dix-sept ans, il existait donc des échanges ou
des apparences d'échanges. Les journaux par-
tis de Paris dix-sept ans plus tôt, dans quelle
resserre, dans quel placard du temps étaient-
ils restés consignés avant d'arriver à destina-
tion ? Et ces prisonniers qui n'étaient pas ren-
trés et qui ne pouvaient plus se trouver en
Prusse-Orientale, où étaient-ils ? Je m'endor-

mis en songeant à ces mystérieux raccords entre deux époques.

Le lendemain, je m'éveillai de très bonne heure et fis quelques découvertes singulières. Dans ma chambre très sommairement meublée, il n'y avait point de miroir et je dus pour me raser, prendre celui de mon nécessaire de voyage. En me regardant dans la glace, je m'aperçus que je n'avais plus cinquante-six ans, mais trente-neuf. Du reste, je me sentais plus d'aisance et de vivacité dans les mouvements. La surprise n'était pas désagréable, mais j'étais troublé. Quelques minutes plus tard, je fis d'autres découvertes. Mes vêtements avaient également rajeuni. Le complet gris que je portais la veille était devenu un autre complet, d'une mode un peu surannée, et que je me rappelais vaguement avoir porté autrefois. Dans mon portefeuille, les billets de banque n'étaient plus ceux qui avaient cours en 1959. Ils avaient été émis en 1941 ou antérieurement à cette date. L'aventure se corsait. Au lieu de traverser en voyageur le temps d'autrefois et d'y être comme un spectateur désintéressé, je m'y intégrais. Rien ne me permettait de croire avec certitude que je réussirais à échapper à cette emprise. Je me rassurai avec des raisons assez fragiles. « Être d'une époque, pensai-je, c'est sentir l'univers et soi-même d'une certaine manière qui appartient à cette époque. » Je voulais croire qu'après avoir franchi les limites de la commune, je retrouverais mes yeux et mes sens de l'avant-veille et que le monde, sans même qu'il eût besoin de changer, m'apparaîtrait sous un autre aspect.

J'arrivai à la Vieille-Loie à 7 heures du matin. J'avais hâte de voir mon ami Bornier pour l'entretenir de mes tribulations et d'abord le rassurer, car il avait dû m'attendre. Sur la route, j'avais croisé deux motocyclistes allemands coiffés du casque de campagne et je m'étais demandé avec un retour d'inquiétude si je n'allais pas bientôt réintégrer l'année 1959. Je traversai la moitié du village sans voir d'Allemands et je reconnus la maison où j'avais rendu visite à mon ami Bornier deux ans plus tôt. Les persiennes étaient closes, la porte du jardin fermée à clef. Je savais qu'il se levait tard et j'hésitai à l'éveiller, mais j'avais besoin de le voir et de l'entendre. A plusieurs reprises, je l'appelai par son nom. La maison resta silencieuse. Trois jeunes gens qui passaient, la fourche sur l'épaule, entendirent mon appel et s'arrêtèrent au bord de la route. Ils m'informèrent que mon ami était prisonnier en Silésie et qu'on avait eu dernièrement de ses nouvelles par sa femme restée à Paris.

– Il travaille dans une ferme, dit l'un. Ce n'était guère un métier pour lui.

Il y eut un temps de silence. Nous pensions à la mince et frileuse silhouette du compositeur, courbée sur la pioche.

– Mon pauvre Bornier, soupirai-je. Il a déjà passé un hiver bien dur, mais quand je pense à cette congestion pulmonaire qu'il va attraper dans six mois. Misère !

Les trois jeunes gens se regardèrent avec étonnement et s'éloignèrent en silence. Je restai un instant à contempler la maison aux volets fermés. Je me rappelais ma dernière visite à Bornier. Je le revoyais assis à son piano, jouant pour moi sa *Forêt d'angoisse* qu'il venait de composer. Depuis, ma fille l'avait souvent jouée et j'en avais retenu quelques phrases. Je voulus en fredonner une, en hommage à l'ami qui peinait sur la terre allemande et qui, malade, reviendrait ici pour y composer plus tard l'œuvre à laquelle il ne pensait peut-être pas encore. Mais la voix me manqua. Pris d'un désir panique d'échapper à ce retour du temps, je sautai sur ma bicyclette et m'éloignai en direction de Dôle. Sur mon chemin, j'aperçus encore de nombreux témoignages de l'occupation étrangère. Je pédalais de toute ma vitesse, pressé de quitter cette forêt dont les limites me semblaient être celles du temps retrouvé, comme si l'ombre du sous-bois eût favorisé le réveil sournois des années révolues.

En arrivant à la lisière de la forêt de Chaux, j'éprouvai un immense soulagement, convaincu d'être enfin sorti du cercle enchanté. Aussi ma déception fut-elle cruelle lorsqu'à l'entrée de la ville, sur le pont du Doubs, je dépassai une section de fantassins allemands qui rentraient de l'exercice en chantant. Que les villages de la forêt se fussent attardés dans le temps, il y avait là matière à surprise, mais il s'agissait, à mon sentiment, d'une région qui s'était soustraite à l'autorité d'un décret. La raison y trouvait presque son compte. Soudain, le problème changeait non seulement de dimensions, mais d'aspect. Toutes les données en étaient bouleversées. J'avais quitté, hier, 3 juillet 1959, la ville de Dôle, et j'y revenais le lendemain 4 juillet 1942. Je fus tenté de croire qu'un nouveau décret, au mépris du dogme de l'irréversibilité du temps, avait annulé le premier. Mais dans ce cas, les habitants de la ville auraient dû, comme moi, se souvenir de leur vie future et je pus me convaincre qu'il n'en était rien. J'arrivais à cette conclusion baroque qu'il existait simultanément deux villes de Dôle, l'une vivant en 1942, l'autre en 1959. Et sans doute en allait-il ainsi pour le reste du monde. Je n'osais guère espérer que Paris, le Paris où le train m'emmènerait tout à l'heure, appartînt à une autre époque.

Désemparé, je descendis de bécane à l'entrée de la ville et m'assis sur le petit pont du canal des Tanneurs. Je me sentais sans courage pour recommencer une existence déjà vécue. La jeunesse relative que je venais de retrouver ne me tentait pas du tout.

« Illusion, pensais-je. La jeunesse qui n'a rien à découvrir n'est pas la jeunesse. Avec ce champ de dix-sept années qui s'ouvre devant moi, mais dix-sept années déjà explorées, connues, j'ai plus d'expérience que tous les vieillards de France et de Navarre. Je suis un pauvre vieil homme. Il n'est pour moi lendemains ni hasards. Mon cœur ne battra plus de l'attente des jours à venir. Je suis un vieux. Me voilà réduit à la triste condition d'un dieu. Pendant dix-sept ans, il n'y aura pour moi que des certitudes. Je ne connaîtrai plus l'espoir. » Avant de prendre le train, je voulus rendre ma bicyclette, mais le magasin de cycles qui me l'avait donnée en location n'existait pas encore. L'emplacement était occupé par un magasin de parapluies. Le marchand, un jeune homme d'entre vingt-cinq et trente ans, se tenait sur le pas de sa porte. Par acquit de conscience, je lui demandai s'il ne connaissait pas dans la ville un marchand de cycles nommé Jean Druet.

– Ça n'existe pas ici, me dit-il. Je le saurais. Mais ce qui est drôle, c'est que moi aussi, je m'appelle Jean Druet.

– En effet, le hasard est curieux, dis-je. Et vous n'avez pas l'intention ou le désir de vendre un jour des bicyclettes ?

Il se mit à rire de bon cœur. Visiblement, l'idée qu'il pût vendre un jour des bécanes lui paraissait des plus cocasses.

– Non, merci, ce n'est pas un métier qui me tenterait. Remarquez, je n'en dis pas de mal, mais les bicyclettes, ça ne ressemble guère à des parapluies.

Tandis qu'il parlait ainsi, je comparais à ce jeune visage, frais et rieur, un autre visage de dix-sept ans plus âgé, dont un lupus déformait tout un côté.

Au départ du train, j'avais encore quelque espoir de retrouver Paris à l'époque où je l'avais laissé.

Mon aventure était si étrange que je me sentais en droit de compter un peu sur l'absurde, mais le train avançait dans un univers rigoureux et fidèle à lui-même. Dans la campagne et dans toutes les gares où nous nous arrêtions, j'apercevais des militaires allemands qui n'avaient pas l'air d'hésiter entre deux époques. Aux propos de mes compagnons de voyage, dont certains avaient quitté Paris depuis moins d'une semaine, il était clair que la capitale en était encore à l'an 1942. Je me résignais, mais douloureusement. Dans ce compartiment de chemin de fer, je retrouvais vraiment l'atmosphère pesante des années de guerre et d'occupation. Ni à Dôle où je ne m'étais arrêté qu'un instant, ni dans les villages de la forêt de Chaux l'actualité n'avait cette présence oppressante. Ici, les conversations étaient toutes aux soucis de l'heure ou y venaient par quelque détour. On parlait des chances de la guerre, des prisonniers, des difficultés de la vie, du marché noir, de la zone libre, de Vichy, de la misère. Le cœur serré, j'entendais des voyageurs s'entretenir de l'évolution des événements mondiaux et ajuster leur propre destin à des probabilités qu'ils tenaient pour des certitudes. Moi qui savais, j'aurais voulu les détromper, mais la vérité, trop fantaisiste, ne m'offrait pas la ressource de ces arguments rigoureux, impeccables, sur lesquels se fondait la conviction de mes voisins. Une vieille dame assise à côté de moi me confia qu'elle venait à Paris chercher son petit-fils, un enfant de neuf ans, demeurant à Auteuil, dont les privations avaient fait un prétuberculeux. Les parents le lui confiaient pour les vacances, mais exigeaient qu'il rentrât en octobre, à cause de ses études. Elle comptait plaider encore la cause des poumons malades.

A la gare de Lyon, avant même que le train ne fût arrêté, mon regard accrocha la silhouette d'un gendarme allemand qui se promenait sur le quai. Paris était occupé. A vrai dire, je n'avais pas eu besoin de ce témoignage de mes yeux pour en être certain. J'avais quitté le wagon et je me dirigeais vers la sortie, lorsque je m'aperçus que j'avais oublié mon chapeau. Rebroussant chemin, je le retrouvai dans le compartiment abandonné et découvris en même temps que la vieille dame, ma voisine de banquette, avait oublié un colis assez volumineux. Je le pris avec l'espoir de rejoindre sa propriétaire, mais elle n'était pas à la sortie et je ne la trouvai pas non plus au métro où je pensais qu'elle m'avait devancé, puisqu'elle se rendait comme moi, à Auteuil. Je laissai passer deux rames pour lui laisser le temps d'arriver et, montant dans la troisième, je m'assis en face d'un officier allemand.

Chargé du colis de la vieille dame, j'arrive à Auteuil à 8 heures du soir. Il fait encore grand jour, mais c'est en vain que je cherche ma maison. Au lieu de l'immeuble neuf où j'ai élu domicile en 1950, il n'y a qu'un mur de clôture laissant apercevoir des arbres. Je me souviens alors que mon appartement est encore à Montmartre, rue Lamarck, où il me reste huit ans à passer. Je reprends le métro.

Rue Lamarck, une bonne dont le nom oublié me revient soudain, m'ouvre la porte. Elle me demande si j'ai fait bon voyage. Je lui réponds avec une sympathie apitoyée en songeant que l'année prochaine, un nègre de la place Pigalle l'enlèvera à sa cuisine pour la jeter au trottoir. Il est 9 heures du soir. Ma femme, qui ne m'attend pas, achève de dîner. Elle a reconnu ma voix, elle accourt dans le vestibule. De la revoir tout à coup si jeune, à peine vingt-huit ans, je suis attendri et en la pressant contre moi, les larmes me montent aux yeux.

Mais pour elle qui ne se souvient pas de

m'avoir vu l'avant-veille avec dix-sept années de plus, je n'ai pas changé et je sens bien que mon émotion la surprend un peu. Dans la salle de bains où je procède à une toilette rapide, elle m'interroge sur mon voyage dans la Gironde et, à l'instant de lui répondre, la mémoire me revient de ce voyage que je fis autrefois à la même date. Je lui rapporte les menus incidents survenus en cours de route et, il me semble, dans les termes mêmes dont je me suis servi jadis. J'ai du reste l'impression de n'être pas absolument maître de mes paroles, mais d'en subir la nécessité en m'y prêtant un peu, comme si je jouais un rôle. Ma femme me parle de Clovis qui dort dans la chambre voisine, et de la difficulté de trouver pour lui des farines lactées.

Il se porte bien, mais pour un enfant de quatorze mois, il n'a pas tout à fait le poids normal. Avant-hier, quand j'ai quitté Paris, Clovis était en train de passer les épreuves écrites de son baccalauréat. Je ne demande pas de nouvelles de Louis et de Juliette, les deux derniers. Je sais qu'ils n'existent pas. Il me faut attendre neuf ans la naissance de Louis et onze ans la naissance de Juliette. Dans le train, j'ai beaucoup pensé à cette absence, je m'y suis préparé et maintenant je m'y résigne mal. Je finis par interroger en usant d'une formule prudente :

– Et les autres enfants ?

Ma femme hausse les sourcils d'un air significatif et je m'empresse d'ajouter :

– Oui, les enfants de Lucien.

Mais je suis mal tombé, car mon frère Lucien ne doit prendre femme que dans deux ans et n'a pas encore d'enfants. Je rectifie aussitôt en déclarant que la langue m'a fourché et qu'il faut entendre Victor au lieu de Lucien. Ce lapsus m'inquiète un peu. Je crains qu'à propos de choses plus importantes, il m'arrive de mêler ainsi deux époques.

Dans le couloir, nous nous arrêtons auprès de Marie-Thérèse, que la bonne emporte dans ses bras pour la mettre au lit. L'aînée de mes enfants, qui était hier fiancée, est aujourd'hui une petite fille de trois ans. J'avais beau m'attendre à ce changement, j'éprouve une vive déception, et ma tendresse paternelle hésite un peu. Entre elle et moi, alors qu'elle était une grande jeune fille, il existait des correspondances, des moyens de compréhension, qui ne sont plus possibles avec une enfant si jeune. J'aurai, il est vrai, d'autres joies. Je me console aussi en pensant que Marie-Thérèse a encore devant elle de longues années d'enfance, réputées les plus belles.

Nous passons à la salle à manger et ma femme s'excuse de la frugalité du repas.

– Tu ne vas pas faire un très bon dîner. Ces jours-ci on ne trouve rien. Heureusement, j'ai eu tout à l'heure, chez Brunet, deux œufs et un demi-saucisson.

Je m'entends lui dire :

– A propos, j'ai réussi à trouver là-bas quelques provisions. Pas autant que j'aurais voulu, mais c'est toujours ça.

J'annonce une douzaine d'œufs, une livre de beurre, cent grammes de vrai café, un confit d'oie et une petite bouteille d'huile. Dans le vestibule où je l'ai posé en entrant, je vais chercher le colis oublié dans le train par la vieille dame et je l'ouvre sans aucune appréhension. Il contient exactement ce que je viens d'annoncer. Je n'éprouve pas non plus le moindre remords. Il fallait que ce colis vînt entre mes mains et fût ouvert ici, à cette heure, en présence de ma femme. C'était dans l'ordre, et je ne fais qu'obéir à la nécessité. Je doute même que le colis ait appartenu à la vieille dame. Le chapeau oublié dans le compartiment m'apparaît maintenant comme l'une des mille ruses du destin pour me ressaisir et me remettre dans les moindres plis d'une existence déjà vécue.

Je suis au dessert lorsque la porte d'entrée s'ouvre et se ferme avec fracas. Une voix jure dans le vestibule.

– C'est l'oncle Tom qui est encore ivre, dit ma femme.

C'est vrai, j'avais oublié l'oncle Tom. L'an dernier, la maison qu'il habitait en Normandie a été détruite par un bombardement, sa femme a été tuée en fuyant l'invasion, ses deux fils sont prisonniers. Il s'est réfugié chez nous et, pour oublier son malheur, il passe au café le plus clair de son temps. L'alcool, qu'il supporte mal, le rend hargneux et bruyant. Aussi, sa présence nous est-elle de plus en plus pesante. Mais ce soir, bien qu'il exhale une mauvaise humeur agressive, je l'accueille avec beaucoup de patience et d'indulgence. L'oncle Tom doit mourir dans trois mois et je me souviens de son agonie. Il réclamait ses fils prisonniers et répétait à chaque instant : « Je veux retourner en France. »

J'ai passé la nuit tout d'un somme et sans rêves. En m'éveillant, je n'ai pas éprouvé cette sensation de dépaysement que je redoutais la veille. L'appartement m'est redevenu tout à fait familier. J'ai joué avec les enfants sans trop d'arrière-pensées. La présence de Juliette et de son frère Louis m'a manqué, mais moins cruellement qu'hier au soir, et le souvenir de leurs visages d'enfants est en moi comme un espoir. Il me semble, et c'est peut-être une illusion, que ma mémoire de l'avenir est déjà moins sûre. Ce matin, j'ai lu les journaux avec intérêt. Bien que l'issue des événements en cours me soit déjà connue, je me souviens confusément des étapes et des tournants du conflit.

J'ai pris le métro jusqu'à la Madeleine et je me suis promené dans la ville, mais le spectacle de la rue ne m'a pas étonné. Par-delà les dix-sept ans écoulés, le présent se soude au passé. Place de la Concorde, j'ai revu les marins allemands montant la garde à l'hôtel de la Marine et je n'ai pas regretté l'absence de ma fille Juliette.

Au cours de cette matinée, j'ai fait plusieurs rencontres assez surprenantes. Celle qui m'a le plus impressionné fut celle de mon grand ami, le peintre D... Nous nous sommes trouvés nez à nez au coin de la rue de l'Arcade et de la rue des Mathurins. J'ai eu un sourire de contentement et j'ai failli lui tendre la main, mais il m'a regardé sans prêter attention à mon sourire d'ami et a passé son chemin. Je me suis souvenu à temps qu'il devait s'écouler dix ans avant que nous ne fassions connaissance. J'aurais pu courir après lui et trouver un prétexte pour me présenter, mais je ne sais quel respect humain ou quelle soumission à la fatalité m'en a empêché et c'est sans conviction que je me suis promis d'avancer le temps de notre amitié sans égard à l'ordre fixé par le destin. Pourtant, je peux mesurer ma déception et mon impatience à la tristesse où m'a jeté cet incident.

Un instant plus tôt, j'avais rencontré Jacques Sariette, le fiancé de ma fille Marie-Thérèse. Il tenait un cerceau et donnait la main à sa mère. Je m'arrêtai auprès de Mme Sariette qui m'entretint de ses enfants et de Jacques en particulier. L'excellente femme, non moins soucieuse que son mari de travailler au relèvement moral de la France, me confia qu'ils avaient voué le petit garçon à l'état ecclésiastique. Je lui dis qu'ils avaient bien raison. Dans le métro qui me ramenait à Montmartre, je me suis trouvé en compagnie de Roger L..., un garçon d'une trentaine d'années pour lequel je n'ai jamais eu grande sympathie. Il est très déprimé et me confie qu'il est dans une situation extrêmement difficile. Je regarde avec curiosité cet être minable qui, dans une dizaine d'années, se trouvera à la tête d'une fortune colossale, malhonnêtement gagnée à de scandaleux trafics. Tandis qu'il me parle de sa misère présente, je le revois dans sa future opulence, triomphant avec la légendaire muflerie dont il se fera gloire. Pour l'instant, c'est un pauvre homme à la mine souffreteuse, aux yeux tristes, à la voix humble et peureuse. Je suis partagé entre la compassion et le dégoût que m'inspire sa brillante carrière.

L'après-midi de ce même jour, je restai chez moi et pris dans un tiroir mon ouvrage en train dont j'avais déjà écrit la valeur d'une cinquantaine de pages. Connaissant trop bien les pages qui devaient venir à la suite de celles-ci, je n'avais aucun goût à y travailler et je pensais avec découragement que pendant dix-sept années, ma vie allait être un rabâchage insipide, un pensum fastidieux. Je ne me sentais plus de curiosité que pour le mystère de ces bonds et de ces retours à travers le temps. Encore les conclusions auxquelles j'arrivais étaient-elles singulièrement déprimantes. La veille, j'avais déjà envisagé l'existence simultanée de deux univers décalés l'un sur l'autre de dix-sept ans. J'acceptais maintenant le cauchemar d'une infinité d'univers où le temps représentait le déplacement de ma conscience d'un univers à l'autre, puis à un autre. 3 heures : je prends connaissance de l'univers où je figure tenant un porte-plume. 3 heures et une seconde, je prends connaissance de cet autre univers où je figure posant mon porte-plume, etc. Un jour, le genre humain, en une seule étape, franchit ce qu'on est convenu d'appeler une période de dix-sept années. Moi seul, après ce bond collectif, par je ne sais quelle inspiration, je refais l'étape en sens inverse.

Tous ces mondes qui multipliaient ma personne à l'infini, s'étendaient à mes yeux dans une écœurante perspective. La tête lourde, je finis par m'endormir sur ma table.

Il y aura bientôt un mois que j'ai noté le récit de mon aventure et à le relire aujourd'hui, j'éprouve le regret très vif de n'avoir pas été plus précis. Je me reproche de n'avoir pas su prévoir ce qui m'est arrivé depuis. Durant ces quelques semaines, je me suis si bien remboîté dans notre triste époque, que j'ai perdu la mémoire de l'avenir. J'ai oublié, heur ou malheur, tout ce qui doit être ma vie au cours des dix-sept années qui vont suivre. J'ai oublié les visages de mes enfants qui sont encore à naître. Je ne sais plus rien du sort de la guerre. Je ne sais plus quand ni comment elle finira. J'ai tout oublié et un jour viendra

peut-être où je douterai d'avoir vécu ces tribulations. Les souvenirs de mon existence
future, consignés dans ces feuillets sont si peu
de chose que s'il m'est donné plus tard d'en
vérifier l'exactitude, je pourrai croire à de
simples pressentiments. En ouvrant les journaux, en songeant aux événements politiques,
j'essaie de réveiller ma mémoire, avec la
volonté de sortir d'angoisse, mais toujours en
vain. C'est à peine si de temps à autre et de
plus en plus rarement j'éprouve la très banale
sensation du déjà vu.

L'Huissier

Il y avait, dans une petite ville de France, un huissier qui s'appelait Malicorne et il était si scrupuleux dans l'accomplissement de son triste ministère qu'il n'eût pas hésité à saisir ses propres meubles, mais l'occasion ne s'en présenta pas et, du reste, il paraît que la loi ne permet pas à un huissier d'instrumenter contre lui-même. Une nuit qu'il reposait auprès de sa femme, Malicorne mourut en dormant et fut aussitôt admis à comparaître devant saint Pierre, qui juge en première instance. Le grand saint Porte-Clés l'accueillit froidement.

– Vous vous appelez Malicorne et vous êtes huissier. Il n'y en a guère au Paradis.

– Ça ne fait rien, répondit Malicorne. Je ne tiens pas autrement à être avec des confrères.

Tout en surveillant la mise en place d'une immense cuve, apparemment remplie d'eau, qu'une troupe d'anges venait d'apporter, saint Pierre eut un sourire d'ironie.

– Il me semble, mon garçon, que vous avez pas mal d'illusions.

– J'espère, dit Malicorne, voilà tout. D'ailleurs, je me sens la conscience plutôt tranquille. Bien entendu, je suis un abominable pécheur, un vase d'iniquités, une vermine impure. Ceci dit, il reste que je n'ai jamais fait tort d'un sou à personne, que j'allais régulièrement à la messe et que je m'acquittais des devoirs de ma charge d'huissier à la satisfaction générale.

– Vraiment ? fit saint Pierre. Regardez donc cette grande cuve qui vient de monter au ciel avec votre dernier soupir. Que croyez-vous qu'elle contienne ?

– Je n'en ai pas la moindre idée.

– Eh bien, elle est pleine des larmes de la veuve et de l'orphelin que vous avez réduits au désespoir.

L'huissier considéra la cuve et son amer contenu et repartit sans se démonter :

– C'est bien possible. Quand la veuve et l'orphelin sont des mauvais payeurs, il faut recourir à la saisie mobilière. Ceci ne va pas sans des pleurs et des grincements de dents, vous pensez bien. Aussi n'est-il pas surprenant que la cuve soit pleine. Dieu merci, mes affaires marchaient bien et je n'ai pas chômé.

Tant de paisible cynisme indigna saint Pierre qui s'écria en se tournant vers les anges :

– En Enfer ! Qu'on me l'accommode d'un bon feu et qu'on m'entretienne ses brûlures pour l'éternité en les arrosant deux fois par jour avec les larmes de la veuve et de l'orphelin !

Déjà les anges se précipitaient. Malicorne les arrêta d'un geste très ferme.

– Minute, dit-il. J'en appelle à Dieu de ce jugement inique.

La procédure est la procédure. Saint Pierre, rageur, dut suspendre l'exécution de sa sentence. Dieu ne se fit pas attendre et, précédé d'un roulement de tonnerre, entra sur un nuage. Lui non plus ne paraissait pas avoir les huissiers en grande faveur. On le vit bien à sa façon bourrue d'interroger Malicorne.

– Mon Dieu, répondit celui-ci, voilà ce qui se passe. Saint Pierre m'impute les larmes de la veuve et de l'orphelin que j'ai fait couler dans l'exercice de ma charge d'huissier et il dispose que ces larmes brûlantes seront l'instrument de mon supplice éternel. C'est une injustice.

– Évidemment, dit Dieu en se tournant vers saint Pierre avec un front sévère. L'huissier

73

qui saisit les meubles du pauvre n'est que l'instrument de la loi humaine, dont il n'est pas responsable. Il ne peut que le plaindre dans son cœur.

– Justement ! s'écria saint Pierre. Celui-ci, loin d'accorder une pensée pitoyable au souvenir de ses victimes en parlait tout à l'heure avec une horrible allégresse et s'y complaisait cyniquement.

– Pas du tout, riposta Malicorne. Je me réjouissais d'avoir été toujours exact à remplir mes fonctions et aussi de ce que le travail ne m'ait pas manqué. Est-ce donc un crime d'aimer son métier et de le bien faire ?

– En général, ce n'est pas un crime, accorda Dieu, au contraire. Votre cas est assez particulier, mais, enfin, je veux bien reconnaître que le jugement de saint Pierre a été hâtif. Voyons maintenant vos bonnes œuvres. Où sont-elles ?

– Mon Dieu, comme je le disais tout à l'heure à saint Pierre, je suis mort sans rien devoir à personne et j'ai toujours été ponctuel aux offices.

– Et encore ?

– Et encore ? Voyons, je me souviens qu'en sortant de la messe, il y a une quinzaine d'années, j'ai donné dix sous à un pauvre.

– C'est exact, fit observer saint Pierre.
C'était d'ailleurs une pièce fausse.

– Je suis tranquille, dit Malicorne. Il aura
bien trouvé le moyen de la faire passer.

– Est-ce là tout votre actif ?

– Mon Dieu, je me souviens mal. On dit que
la main gauche doit ignorer ce que donne la
main droite.

Il fut trop facile de vérifier que ces belles
paroles ne cachaient aucune bonne action, ni
aucune bonne pensée dont une âme se pût
prévaloir devant le tribunal suprême. Dieu
paraissait très contrarié. Parlant en hébreu,
afin de n'être pas entendu de l'huissier, il dit à
saint Pierre :

– Votre imprudence nous aura mis dans un
mauvais pas. Évidemment, cet huissier est un
bonhomme peu intéressant qui avait sa place
toute trouvée en Enfer, mais votre accusation
portait à faux et, de plus, vous l'avez grave-
ment offensé dans sa fierté professionnelle.
Nous lui devons réparation. Et que voulez-
vous que je fasse de lui ? Je ne peux pourtant
pas lui ouvrir les portes du Paradis. Ce serait
un scandale. Alors ?

Saint Pierre gardait un silence maussade.
S'il n'avait tenu qu'à lui, le sort de l'huissier
eût été bientôt réglé.

Le laissant à sa mauvaise humeur, Dieu se tourna vers Malicorne et lui dit en bon français :

– Vous êtes un méchant, mais l'erreur de saint Pierre vous sauve. Il ne sera pas dit que vous avez échappé à l'Enfer pour retomber en Enfer. Comme vous êtes indigne d'entrer au Paradis, je vous renvoie sur la terre poursuivre votre carrière d'huissier et essayer de ressaisir votre chance de béatitude. Allez et profitez de ce sursis qui vous est accordé.

Le lendemain matin, en s'éveillant auprès de son épouse, Malicorne aurait pu croire qu'il avait rêvé, mais il ne s'y trompa point et réfléchit aux moyens de faire son salut. Il y pensait encore lorsqu'il pénétra dans son étude, à 8 heures. Son clerc, le vieux Bourrichon, qui travaillait avec lui depuis trente ans, était déjà assis à sa table.

– Bourrichon, dit l'huissier en entrant, je vous augmente de cinquante francs par mois.

– Vous êtes trop bon, monsieur Malicorne, protesta Bourrichon en joignant les mains. Merci bien, monsieur Malicorne.

L'expression de cette gratitude n'émut pas le cœur de l'huissier. Dans un placard, il s'en fut prendre un cahier neuf et, d'un trait vertical, partagea la première page en deux colonnes. En tête de la colonne de gauche, il traça ces mots en lettres rondes : « Mauvaises actions » ; et dans l'autre, en regard : « Bonnes actions ». Il se promit d'être sévère à lui-même et de n'oublier rien qui pût témoigner contre lui. Ce fut dans cet esprit d'austère équité qu'il examina son emploi du temps de ce début de matinée. Il ne trouva rien à faire figurer dans la colonne de gauche et il écrivit au chapitre des bonnes actions : « J'ai, sponta-nément, augmenté de cinquante francs par mois mon clerc Bourrichon qui ne le méritait pourtant pas. »

Vers 9 heures, il eut la visite de M. Gorge-rin, son meilleur client. C'était un gros pro-priétaire possédant quarante-deux immeubles dans la ville et que le défaut d'argent de cer-tains de ses locataires obligeait à recourir très souvent au ministère de Malicorne. Cette fois, il venait l'entretenir d'une famille besogneuse qui était en retard de deux termes.

– Je ne peux plus attendre. Voilà six mois que je me contente de promesses. Qu'on en finisse.

Malicorne, non sans répugnance, fit l'effort de plaider la cause de ces mauvais locataires.

– Je me demande si votre intérêt ne serait pas de leur accorder encore des délais. Leurs meubles ne valent pas quatre sous. Le produit de la vente ne couvrira pas le dixième de votre créance.

– Je le sais bien, soupira Gorgerin. J'ai été trop bon. On est toujours trop bon. Ces gens-là en abusent. C'est pourquoi je viens vous demander de faire le nécessaire. Songez que j'ai cent cinquante et un locataires. Si le bruit venait à courir que je suis bon, je n'arriverais plus à encaisser seulement la moitié de mes loyers.

– C'est évident, convint Malicorne. En toutes choses il faut considérer la fin. Mais, rassurez-vous, monsieur Gorgerin. Moi qui vois pas mal de monde, je n'ai entendu dire nulle part que vous étiez bon.

– Tant mieux, ma foi.

– D'une certaine façon, peut-être, en effet.

Malicorne n'osa pas achever sa pensée. Il rêvait à la situation confortable d'un pécheur arrivant devant le tribunal de Dieu, précédé de la rumeur de toute une ville qui témoignait de sa bonté. Après avoir reconduit son client jusqu'à la porte, il s'en fut tout droit à la cuisine et, en présence de sa femme épouvantée, dit à la servante :

– Mélanie, je vous augmente de cinquante francs par mois.

Sans attendre les remerciements, il revint à

l'étude et écrivit sur son cahier, dans la colonne des bonnes actions : « J'ai, spontanément, augmenté de cinquante francs par mois ma servante Mélanie qui est pourtant un souillon. » N'ayant plus personne à augmenter, il s'en alla dans les bas quartiers de la ville, où il visita quelques familles pauvres. Les hôtes ne le voyaient pas entrer sans appréhension et l'accueillaient avec une réserve hostile, mais il se hâtait de les rassurer et laissait en partant un billet de cinquante francs. En général, lorsqu'il était sorti, ses obligés empochaient l'argent en grommelant : « Vieux voleur (ou vieil assassin, ou vieux grippe-sou), il peut bien faire la charité avec tout ce qu'il a gagné sur notre misère. » Mais c'était là plutôt une façon de parler qu'imposait la pudeur d'un revirement d'opinion.

Au soir de sa résurrection, Malicorne avait inscrit dans son cahier douze bonnes actions qui lui revenaient à six cents francs, et pas une mauvaise. Le lendemain et les jours suivants, il continua de distribuer de l'argent aux familles nécessiteuses. Il s'était imposé une moyenne quotidienne de douze bonnes actions, qu'il portait à quinze ou seize quand son foie ou son estomac lui inspirait des inquiétudes. Une digestion un peu laborieuse de l'huissier valut ainsi une nouvelle augmentation de cinquante francs à Bourrichon qui, naguère encore, redoutait ce genre de malaise dont il faisait presque toujours les frais.

Tant de bienfaits ne pouvaient passer inaperçus. Le bruit courut en ville que Malicorne préparait les voies à une candidature électorale, car on le connaissait de trop longue date pour admettre qu'il agissait dans un but désintéressé. Il eut un instant de découragement, mais en songeant à l'importance de l'enjeu, il se ressaisit bien vite et redoubla de charités. Au lieu de borner sa générosité à des aumônes aux particuliers, il eut l'idée de faire des dons à l'œuvre des Dames patronnesses de la ville, au curé de sa paroisse, à des sociétés de secours mutuels, à la Fraternelle des pompiers, à l'Amicale des anciens élèves du collège et à toutes les œuvres, chrétiennes ou laïques, constituées sous la présidence d'un personnage influent. En quatre mois il eut dépensé ainsi près d'un dixième de sa fortune, mais sa réputation était solidement établie. On le donnait dans toute la ville comme un modèle de charité et son exemple fut si entraînant que les dons se mirent à affluer de toutes parts aux entreprises philanthropiques, en sorte que les comités directeurs purent organiser de nombreux banquets où la chère était fine, abondante, et où l'on tenait des propos édifiants. Les pauvres eux-mêmes ne marchandaient plus leur gratitude à Malicorne dont la bonté devint proverbiale. On disait couramment : « Bon comme Malicorne », et il arrivait même assez souvent, et de plus en plus, qu'à cette locution, sans trop y penser, on en substituât une autre, si étonnante et si insolite qu'elle sonnait à des oreilles étrangères comme une plaisanterie un peu agressive. On disait, en effet : « Bon comme un huissier. »

Malicorne n'eut plus qu'à entretenir cette réputation et, tout en persévérant dans ses bonnes œuvres, attendit d'un cœur tranquille que Dieu voulût bien le rappeler à lui.

Lorsqu'il apportait un don à l'œuvre des Dames patronnesses, la présidente, Mme de Saint-Onuphre, lui disait avec tendresse :

– Monsieur Malicorne, vous êtes un saint.

Et il protestait avec humilité :

– Oh ! Madame, un saint, c'est trop dire. J'en suis encore loin.

Sa femme, ménagère pratique et économe, trouvait que toute cette bonté revenait cher. Elle se montrait d'autant plus irritée que la vraie raison de ces prodigalités ne lui échappait pas.

– Tu achètes ta part de paradis, disait-elle assez crûment, mais tu ne donnes pas un sou pour la mienne. Je reconnais bien là ton égoïsme.

Malicorne protestait mollement qu'il donnait pour le plaisir de donner, mais ce reproche lui était sensible et il n'avait pas la conscience en paix, si bien qu'il autorisa sa femme à faire toutes dépenses qu'elle jugerait utiles pour entrer au ciel. Elle déclina cette offre généreuse avec indignation et il ne put se défendre d'en éprouver un vif soulagement.

Au bout d'un an, l'huissier, qui continuait à tenir registre de ses bonnes actions, en avait rempli six cahiers du format écolier. A chaque instant, il les sortait de leur tiroir, les soupesait avec bonheur et parfois s'attardait à les feuilleter. Rien n'était réconfortant comme la vue de toutes ces pages, où les bonnes œuvres s'inscrivaient en colonnes serrées, à côté des grandes marges blanches, dont la plupart étaient vierges de mauvaises actions. Malicorne, avec un avant-goût de béatitude, rêvait à l'heure où il comparaîtrait, chargé de ce bagage imposant.

Un matin qu'il venait de saisir les meubles d'un chômeur, l'huissier, tandis qu'il marchait par les ruelles du bas quartier, se sentit troublé et inquiet. C'était une espèce d'incertitude poignante et mélancolique ne se rapportant à aucun objet précis et qu'il ne lui souvenait pas d'avoir jamais éprouvée. Pourtant, il avait accompli son devoir sans peur et sans vaine pitié et après l'opération, en faisant au chômeur la charité d'un billet de cinquante francs, il n'avait même pas été ému.

Rue de la Poterne, il franchit le seuil d'une vieille maison de misère, humide et puante, qui appartenait à son client, M. Gorgerin. Il la connaissait de longue date pour avoir instrumenté contre plusieurs locataires et il y était venu la veille distribuer quelques aumônes. Il lui restait à visiter le troisième étage. Après avoir suivi un couloir obscur, aux murailles poisseuses et grimpé trois rampes, il déboucha dans une étrange lumière de grenier. Le troisième et dernier étage n'était éclairé que par une lucarne qui s'ouvrait dans un renfoncement du toit mansardé. Malicorne, un peu essoufflé par la montée, s'arrêta un instant à examiner les lieux. Le plâtre des cloisons mansardées, sous l'effet de l'humidité, formait des boursouflures dont plusieurs avaient éclaté, laissant apparaître comme un fond d'abcès, le bois noir et pourri d'un chevron ou du lattis. Sous la lucarne, une cuvette de fer et une serpillière posées à même le plancher que ces précautions ne protégeaient sans doute pas suffisamment des infiltrations d'eau de pluie, car il était rongé et vermoulu et avait, par endroits, le moelleux d'un tapis. Ni l'aspect de ce palier sombre et étroit, ni le relent fade qu'on y respirait, n'avaient de quoi surprendre l'huissier qui en avait vu bien d'autres au cours de sa carrière. Pourtant, son inquiétude était devenue plus lancinante et il lui semblait qu'elle fût sur le point de prendre un sens. Il entendit pleurer un enfant dans l'un des deux logements qui ouvraient sur le palier, mais ne sut reconnaître avec certitude de quel côté venait la voix et frappa au hasard à l'une des deux portes.

Le logement était de deux pièces en enfilade, étroites comme un couloir, et la première, qui ne recevait de jour que par la porte vitrée de communication, était encore plus sombre que le palier. Une femme mince, au visage très jeune, mais fatigué, accueillit Malicorne. Un enfant de deux ans se tenait dans ses jupes, les yeux humides et regardant le visiteur avec une curiosité qui, déjà, lui faisait oublier son chagrin. La seconde pièce, dans laquelle fut introduit l'huissier, était meublée d'un lit de sangles, d'une petite table en bois blanc, de deux chaises et d'une vieille machine à coudre placée devant la fenêtre mansardée qui donnait sur des toits. La misère de cet intérieur n'offrait rien non plus qu'il n'eût déjà vu ailleurs, mais, pour la première fois de sa vie, Malicorne se sentait intimidé en entrant chez un pauvre.

Habituellement, ses visites de charité étaient des plus brèves. Sans s'asseoir, il posait quelques questions précises, débitait une formule d'encouragement et, lâchant son aumône, prenait aussitôt la porte. Cette fois, il ne savait plus très bien pourquoi il était venu et ne pensait plus à mettre la main à son portefeuille. Les idées tremblaient dans sa tête et les paroles sur ses lèvres. Il osait à peine lever les yeux sur la petite couturière en songeant à sa profession d'huissier. De son côté, elle n'était pas moins intimidée, quoique sa réputation d'homme charitable lui fût connue depuis longtemps. L'enfant fit presque tous les frais de l'entretien. D'abord craintif, il ne tarda pas à s'apprivoiser et, de lui-même, monta sur les genoux de Malicorne. Celui-ci eut un regret si vif de n'avoir pas de bonbons qu'il sentit une petite envie de pleurer. Soudain, on entendit frapper rudement à la porte, comme à coups de canne. La couturière parut bouleversée et passa dans l'autre pièce, dont elle ferma la porte de communication.

– Alors ? dit une grosse voix rogue, que Malicorne reconnut pour être celle de Gorgerin. Alors ? J'espère que c'est pour aujourd'hui ?

La réponse parvint à l'huissier comme un murmure indistinct, mais le sens était trop facile à saisir. Gorgerin se mit à rugir d'une voix terrible, qui effraya l'enfant et dut emplir toute la maison :

– Ah ! non ! J'en ai assez, moi ! Vous ne me paierez plus avec des balivernes. Je veux mon argent. Donnez-moi mon argent et tout de suite ! Allons, montrez-moi où vous mettez vos économies. Je veux les voir.

Dans un autre temps, Malicorne eût admiré en connaisseur l'entrain avec lequel Gorgerin menait la rude besogne qui consiste à encaisser les loyers des pauvres. Mais il éprouvait le même sentiment de crainte qui faisait battre le cœur de l'enfant réfugié dans ses bras.

– Allons, sortez votre argent ! clamait Gorgerin. Donnez-le ou je saurai bien le trouver, moi !

L'huissier se leva et, posant l'enfant sur la chaise, passa dans l'autre pièce sans intention précise.

– Tiens ! s'écria Gorgerin. J'allais parler du loup et le voilà qui sort du bois.

– Décampez ! ordonna l'huissier.

Interloqué, Gorgerin le considérait avec des yeux stupides.

– Décampez ! répéta Malicorne.

– Voyons, vous perdez la tête. Je suis le propriétaire.

Effectivement, Malicorne perdait la tête, car il se rua sur Gorgerin et le jeta hors du logis en vociférant :

– Un sale cochon de propriétaire, oui. A bas les propriétaires ! A bas les propriétaires !

Craignant pour sa vie, Gorgerin tira un revolver et, ajustant l'huissier, l'étendit roide mort sur le petit palier, à côté de la cuvette et de la serpillière.

Dieu se trouvait à passer par la salle d'audience lorsque Malicorne fut admis à comparaître.

– Ah ! dit-il, voici revenir notre huissier. Et comment s'est-il comporté ?

– Ma foi, répondit saint Pierre, je vois que son compte ne sera pas long à régler.

– Voyons un peu ses bonnes œuvres.

– Oh ! ne parlons pas de ses bonnes œuvres. Il n'en a qu'une à son actif.

Ici, saint Pierre considéra Malicorne avec

un sourire attendri. L'huissier voulut protester et faire état de toutes les bonnes actions inscrites dans ses cahiers, mais le saint ne lui laissa pas la parole.

– Oui, une seule bonne œuvre, mais qui est de poids. Il a crié, lui, un huissier : « A bas les propriétaires ! »

– Que c'est beau, murmura Dieu. Que c'est beau.

– Il l'a crié par deux fois et il en est mort au moment même où il défendait une pauvresse contre la férocité de son propriétaire.

Dieu, émerveillé, commanda aux anges de jouer, en l'honneur de Malicorne, du luth, de la viole, du hautbois et du flageolet. Ensuite, il fit ouvrir les portes du ciel à deux battants, comme cela se fait pour les déshérités, les clochards, les claque-dents et les condamnés à mort. Et l'huissier, porté par un air de musique, entra au Paradis avec un rond de lumière sur la tête.

MARCEL AYMÉ

L'AUTEUR

Né à Joigny dans l'Yonne en 1902, Marcel Aymé a été élevé par ses grands-parents maternels, dans le Jura. L'école ne le passionne guère, il préfère se promener ou lire. Il obtient malgré tout son bac à 17 ans, puis hésite à devenir ingénieur, mais une grave maladie l'empêche de poursuivre ses études. Après son service militaire, il monte à Paris, où il va exercer toutes sortes de métiers : journaliste, manœuvre, camelot… En 1926, son premier roman, *Brûlebois*, le fait connaître. C'est après le succès de *La Jument verte*, en 1933, qu'il peut se consacrer totalement à l'écriture. Le premier recueil des célèbres *Contes du chat perché* est publié en 1934 et *Le Passe-muraille* en 1943. Son ironie, son humour caustique, sa truculence ont fait de Marcel Aymé un écrivain très populaire. Auteur d'une vingtaine de romans, de dizaines de nouvelles, d'essais, de scénarios et de nombreuses pièces de théâtre, il est mort à Paris, en 1967.

TABLE DES MATIÈRES

Découvrez d'autres livres de Marcel Aymé
dans la collection FOLIO **JUNIOR**

LES BOTTES DE SEPT LIEUES
ET AUTRES NOUVELLES
n° 462

LES CONTES BLEUS **DU CHAT PERCHÉ**
n° 433

LES CONTES ROUGES DU CHAT PERCHÉ
n° 434

Maquette: Aubin Leray
Loi n° 49-956 du 16 juillet 1949
sur les publications destinées à la jeunesse
ISBN 978-2-07-062429-4
Numéro d'édition : 172609
Premier dépôt légal: janvier 2002
Dépôt légal : octobre 2009
Imprimé en Espagne
par Novoprint (Barcelone)